JN089490

詩集

魂の調べ

Mahara Keiichi

真原継一

土曜美術社出版販売

詩集　魂の調べ＊目次

木魂

心の叫び

心の旋律

おかしみ

詩集　魂の調べ

木魂

魂の曲

震えるこころの音符は
鳴りやまず
何時までも　何時までも
響き合う
魂の調べを奏でている

鎮まりゆく玲瓏な響きに
夜空の星々は輝き
愁いを含んだ瞳に映る
追慕する夢見し人

込み上げる愛しさ

しみじみと弦は鳴り響く
許し合い共に生きた
こころの夕焼けを
赤々と流星の尾は引く
尊い蛍火を灯して

鳴り止まぬ胸の音符よ
人である心を歌っておくれ
水が流れる清々しい
胸の弦を響かせて
悲しみを知っている
もれいづる
魂の曲を

何が悲しいか
弦を弾く魂よ
深々と頭垂れる
秘められた魂の曲を
鳴りやむことなく
こころ奥深く
青い森に響かせて

さあ
君よ
ゆれる心の鈴をふり
出会えない
静かに心揺さぶる

艶やかに歌う
玲瓏な
魂の調べを聞きに行こう
染みわたれ
君の優しい胸の旋律に

草原の風

風が頬をやさしくかすめ
喜びは足をつれて飛び
地平の向こうに青空が浮かび
掲げた手の心の上に
緑子がいる
妻が微笑み見守っている
ふわふわと雲が流れ
夢走る草原の風

ああ　全ての人が

微笑みながら歩いている
晴れやかな清きこころを
小鳥はさえずり
生きた一瞬の喜びを輝やかせ
日は穏やかな心を投げかけ
生きたその日を生き
かけがえのないものを抱いている
愛しい草原の風

とこしえに吹く
清らかな草原の風
醜い心を洗い流して
憧れの心の故郷に
連れていっておくれ
息吹の子よ

柔らかい肌の子が
草原の風に吹かれて
緑羽を滴らせて
暖かい光に包まれて
微笑んでいる
我が心の手の中で
夢追い風が
人生を駆け抜ける

朝明け

清らかな澄んだ声が
聞こえるさわやかな朝
曇りガラスに憧れを映す
花かおる人
衣の裾にひそやかな心を隠して
救われるよう立っています

さやけき時代を切り開く
打ち水の人
あなたの清らかさは

どこから来るのですか
カランコロン
広やかな朝明けの音がします

立ち向かうこころ踊る
開かれた窓が
新しい憧れの精神を
開きます
あなたの心は
生き生きと振る舞い
言葉は憧れを抱いて詠います
あなたの瞳に映る世界は
未来に羽を広げています

さあ

出かけましょう
さやけき打ち水の人
瑞々しい心もて
生き抜きましょう
ひたむきな心の調べを高らかに
青空に向かって奏でましょう

人々の願いを込めて
雪山を仰ぎ見る
勇気ある船は
人間である旗を高らかに掲げて
大海原を進みます
新しい時代を切り開く
意志高き角笛をひびかせて

空白の転移

真なる心の扉は
秘められたまま
生は一瞬に
真っ白に移ろいゆき
真実を語る言葉は消えゆき

刷毛で刷かれるでもなく
飛び越えてゆくでもなく
浸るでもなく
漂うでもなく

合わせ鏡にうつされた
空白の転移

水が流れるでもなく
透明でもなく
苦しみもなく
無残さもなく
喜びもなく
悲しみもなく
空間が途切れて
白い雲　空白の時

込められた一瞬の時
その時があるだけ
言葉なく　目は消え

心臓は止まり　意識が消え
許しもなく
諦めもなく
わたしは私でなく
何もない白い白い光の波
おお　白い空白
包み込む空

心の叫び

戦争に導くな

ああ　神への讃美歌が流れ
戦争賛歌のラッパが鳴り響き
勇気と民族の誇りを歌い上げる
荘厳な誉れ高き進軍が人民を鼓舞する
手振り身振りの甘い声で大声を張り上げ
愛と恐怖と栄光を絶叫する
周りを　未来を　多様な世界を
徐々に遮断して血に塗られ
恐怖を餌にした　戦争一色に染め上げる
狂人達の死の行進曲

人々は飢えと誇りに苛まれ唯一直線に進む
理性と人間らしさを踏みにじって
甘い感情の恍惚を放出する
恐怖と死の勇気を戦争に捧げるために
おお　自らを消し悪魔の命令に従う
愚かな人間達よ
神をあがめ　平和の旗を掲げて
正義の名のもとに血で締め上げる
悪魔の人間達よ　死の商人達よ
戦争に導くな

権力の甘い言葉を侮るな
我が胸に住まわすまいと覚悟した
忍び寄る血の恐怖　戦争への第一歩

憲法改正の足音が聞こえてくる
戦争の悪の中心から自らの言葉を発す
勇気ある心ある日本人たれ

真の人間を棄てた戦争に導く悪魔達
もの言わぬ番号
勲章に吊り下げられた標本の釘
自衛隊に媚を売る黒い汚点に
日本人を貶めるな

か弱き子なれど手と手を握りしめて
死者からの贈り物に深く深く頭垂れ
憲法の誓いを生き抜こう
大地揺れ心の放射能に犯されようとも
平和の尊厳を生きよ

真の人間たれ　世界市民の子たれ

この二つの時代を駆け抜けた者として
戦争など見たくもないし　したくもない
人間を悪魔に貶める核戦争に導くな
祈り心願する尊き者を裏切るな

無念への情熱

ああ　人々は無念への情熱を失っている
あの決意して
次の時代を築こうとした黒光りする顔が
あの覚悟して
無心の憧れを生きようとした誠実さが
悲しみの中に消えてゆく

日本国憲法を蹴っ飛ばし
裏返された無残な姿に誰がした
強いられた若者たちの姿が

生きようともがき苦しむ呻吟が聞こえる
戦争の悪の中心から
言葉を発しない若者の胸に
警告灯が鳴り響いている

戦わずして安全無事を祈り
尻馬に乗る去勢された人々
ナマズのように
泥を這いずり回る蒙昧な輩
白い肌を露わに
青春を謳歌している虚飾の人達
津浪が来ようとも安心付けられ
その日その日を生きる愚昧の徒

憲法改正の悪魔のタクトは振られ

踊り狂いまい進する日本人
何時の日か強いられて
博物館に吊るされる標本になるよ
悔しいじゃないか
虐げられた者は地中深く埋葬され
戦争賛歌の曲が巷を覆う
嘘と偽善に塗れた死の商人に操られ

人々は日常に埋没して
敬虔な無念への情熱を失っている
日本にいのちを捧げた人々の心の目で見よ
憲法の心の表象は戦死者に捧げる愛の証だ

何者にも寄り掛からず戦死者の口を借りて
心身が抱きしめた自らの言葉を発せよ

また同じように日本が滅びゆくのを
指を咥えて待っているのか
またぞろ卑怯な日本人に成り下がるのか
もういいよ　こんな世は

さらば我が時代よ

偉そうな政治家達に
主権在民に匹敵する理念があるのかえ
このつまらない野郎たち
我が前に示してみな　血であがなった
我が尊い死者達の呻吟を聞いてみな
またぞろ戦争好きな
人間を襤褸クズのように扱う死の商人
高い理念を心に満たさず美しい日本と
舌先で平和を操る愛国主義者のお出ましだ
この屑野郎

人間を虚仮にする惨めな野郎たちに
心を惑わせる
可愛らしい小市民のお出ましだ
こんなつまらない世に誰がした
白いお化粧で身を飾り
耳飾りする愛らしい子達よ
ああ　これが俺たちの
未来を託した無様な青年か
君たちは知っているのか
身が飛び散る爆音に身をくの字に捩り
呻吟を舐め転がり落ちる無残な戦死者の姿を

聖なる平和の衣を身に纏い
人間のきんじを抱いて

真に勇気ある平和のため情熱の炎で燃え
意志高く聳えたつ雪山に向かって
平和の角笛を吹く人は

核なき我が世界よ
死者と共に生きた我が心の世界よ
未来の鼓動を信じて
無心に働き歩いてきた心よ
さらば我が高貴な時代よ

二つの戦後を生き一つの時代を築いた
我々の切なる願いを　死者達の願いを
踏みにじる野郎たちに
張り裂ける無念の心は叫ぶ
日本国憲法を生きよと

日本の大地の平和を生きよと
未来に人間である事を問い続けよと

大川小学校

海をまぢかに
とうとうと流れる大河
北上川を眼前に見て
山裾に瀟洒なドームの
大川小学校が佇んでいる

よく見れば背中の骨組みは浚われ
虚しい人々の懺悔の印に
小学校を背に立派な慰霊碑が立っている
君たちに出会うため

遠くからやって来たけれど
伸びやかな君たちの声は聴けない
川にばたつかせる
子供の足はない
何が起こったのだろう
人消えた大川小学校

あ
背後に山があるのにと呟いてしまう
もう忘れ去られたのか
錆びついた校舎からは生き生きと
学び遊び成長する姿は浮かばない
自然に廃墟にさせられ　心は錆びつき
目もやるも無残に佇んでいる
灰色のくすんだ

大川小学校

時は真実を錆びつかせている
可愛らしい健気な子供たちよ
未来に生きる君たちの声を聞きたい
我が心の中で
生き生き生きておくれ
もう出会うこともないだろう
さようなら
大川小学校

この帰らぬ子供たちに出会うと
自然に世界は移ろいゆくものと
まざまざと見せつけられる
君たちを見つめる言葉の心の中で

安らかに眠っておくれ
青空のため何もなく
未来を向こうにやって
白い心のまま逝ってしまった
大川小学校の子供たちよ

荒浜小学校

遠くにかすむ海を背景に
原野に変貌する街
静止画の小学校がぽつりと
目がつぶれるように立って居る
ここは人を拒絶する
海底を記憶する記念碑
冷たい荒れ果てた
コンクリート廃墟に立つ
心を圧迫する荒浜小学校

浚われた子供のいない

窓の目だけが我々に
死の恐怖の冷たい空虚な風だけを
心の隙間に吹き付けてくる
反転された日に晒されて
暗夜を鮮やかに浮かび揚がらせる
悠久の星空に向かって
一人で立って居る孤独な
引き波を浚う
荒浜小学校

異様な遺跡の目が怖く
どうしても心の空虚と
コンクリートの廃墟が噛み合わない
埋められぬ傷の空白を残している
浚われた白い波に煽られ

向こうの見えない異様な亡霊の嘔吐
遥か向こうへと広がる
人間を超えた煙立つ荒野に響く
未来を問い続ける
永遠に目を瞑る死者の声

海とひかりは
右手をもぎ取り
心臓を貫きながら
不安な未来に
海と大地を激しく回転させた
地底は悶え
陰画紙が漂う世界へ

しかし窓を開く意志する人がいる

心の放射能

炉心を曲げた裂光
黒焦げ山を刺す
秒針を止め
人は惨めさに浚われ
光と闇が行きかう
散歩を拒否された
遺る瀬無い慟哭の町に佇む

悪魔に核を放散されて
言葉と胸は押しつぶされ

追放された人々は
沈黙を強いられる
空虚に
静まり返った
大熊双葉町

あ
道路の側に家々が立ち並び
信号機が立って居る
点々と草に覆われ佇む
傾いた家　傾いた心
生活を放り出して
呼吸する人はもういない

もう戻らぬ故郷

まだ建って居る我が家は
思い出を抱いたまま
ぼうぼうと夜露に濡れて
衰退へと崩れゆく
理性は犯され　心は汚染され
沈黙のうめき声が聞こえる
求める清らかな水は無く

おお
核廃絶を放棄して
日本人が自らを踏み躙んでゆく
仮設住宅を蹴っ飛ばし
核発電を愛撫して
広島長崎の誓いを無かったものにして
まだ核発電にしがみ付く

お目出度い日本人のお出ましだ
てめーらそれでも日本人か
なんだそのざまは

水が汚染され　水が枯れ
心が枯れ　心が汚染され
心の放射能に犯されて
日本人は滅びるよ
心の放射能を限りなく吸い込んで
世界は消えてゆくよ

滑り落ちる傾斜地
胸に手を当て
自らの良心に聞いてみな
怒りが稲妻となって

日本人を刺す

何時までも　何時までも
願いを込めた叫び
繋がったいのち
理性と意志の炎が
赤々と燃えている
誰も止められない

誠実な農民

弱い者を飲み込む
諦めのこころは押し寄せ
孤高の声を絞り出す
ああ虐げられた者の
胸苦が漏れてくる

二度　三度と
あっちこっちと振り回されて
一人去り　二人去り
三人失い　四人消え

共に支え合い
喜びと悲しみを生き抜いた
尊い姿が
長い年月の淵に沈んでいく

顔のしわに滲ませて
この大地に幸せを願い
髪を振り乱し働く母の姿に
良く生きたいと願う娘の面影に
頸を捩り天に吠える牛の嘶きに
人生への郷愁と
遣る瀬無さが込み上げ
振り回されたこの大地
懺悔する心の荒れ地に
武骨な農民の押し殺した

うめき声が聞こえる

内面に怒りを噛み締めた
俺の人生は
悲しみの微笑みを湛えた
操り人形
じっと動かぬ貫く鍬と石
祈りの諦念が行きかう

我を忘れ必死に
大地を耕し
無我夢中で生き
報われないまま一人ぼっちで
尊いいのちを投げ出して
諦めの人生を去って行く

誠実な農民が

正しさと意固地さを飲み込み
諦めの混沌の息を吐きながら
声をなくし
蹲る黒い体を
降りかかる放射能に埋め
無数の誠実な人が
愛しい我が家の軒下に
吊り下げられている

ああ君は何ゆえに生きた

迷路

片隅に追い込まれ
ああ　前が見えない
ここは
時に取り残されて
追い詰められた暗い森の片隅
もうこれ以上行き場所のない
傷ついた
帰る当てもない迷路だ

右に左に回され

行きつくところのない
迷路にたどり着く
この時代は
何が一番大事かを見過ごし
弱い者を
迷路に閉じ込める業師だ

どうしてこんな片隅の
迷路に閉じ込めるのだ
前が見えない不安の雲に覆われて
牢獄の窓から
憧れの明るい世界を
見せつけられている
見事な手品師に操られ

おい
幸せは流されて
もう時間が無いのだ
何故ここに押し込む
眠れない夜を
生きてゆかなければならない
足を引きずって
ただ穏やかに死にたいだけなのに
誰だ　俺を駒のように扱う奴は

崖下に
吊り下げられた
無念の心は叫ぶ
悔しくも　もぎ取られ
苦しくも　引き離され

疼きもがく
息苦しい愛しい心を
荒縄で縛るな
傍観者よ

俺は森の彼方に追いやられた
生きそこない

悲しみの微笑み

ああ
ここには人々の心を集めた
花々が咲いている
掘り返された
むき出しの荒れ地に
ぽつりと白い柵に囲われた
悲しみの風に揺れながら
人々の心を集めた
微笑みの花が咲いている

賢い知恵のある合理主義者は
一に一にと
スピード良く
まっすぐ伸びるコンベアーに
埋葬の土を乗せて
心地よげにブルドーザーに
鎮魂歌を歌わせている

皮衣を着た裸足の旅人は
ぶっぽうぶっぽうと
細い心の息を糸に乗せ
健やかな青空を見上げて
チリンチリン鈴の音を振っている

橋の下に夢枕する

しがない裸足の吟遊詩人は
儚い鎮魂歌の美しい歌を
天に捧げている

願いを込めた清らかな人々は
一心にぼろ車を引きながら
一人一人の信心を拾い集めて
悲しみの微笑みを湛えた
人間らしい花を咲かせようと
その日をその日を
必死に生きている

ああ
無償の励ましの声が聞こえる
貧しい人よ

心弱き人よ
虐げられた人よ
生きよと
清々しい草原に
鈴の音を響かせて

心の泉

もし同じ時を過ごせるならば
小さな蛍火を抱き締め
この冷たい大地を
お互いを許し合い
お互いをいたわり合い
静かに　微笑みながら
歩みを進めてまいります
貴方さえ居て下されば
何もいりません

静かに両手を添え
花を愛しみ
暗夜でも寄り添い
誰かのため無心に
糸積む母のように
ただ何もなく一緒に居たい
沈黙の言葉を寄り添えて

ふうけゆく秋の子守唄よ
夕焼けのさざ波のように
流れゆく雲を見ながら
全てを脱ぎ捨てた心に
哀愁の角笛を吹いておくれ
魂に囁きかけるよう

清らかな草原を
こころ晴れやかに流れる
ひかりふる清水
心洗う天降る雪水よ
鐘の音を心に響かせて
心の泉をそっと掬っておくれ
見つめ合う優しい胸に

手紙

誰に出すでもなく
ただ黙って手紙を書いています
そこに命があります
同じ鼓動を打っている
人間がいますから
そっと触れたくて
同時代人として手を添えたいだけです
明日を生き　お健やかに
お過ごしください

全ての人が健やかに

生き生きと歩いている姿は
素晴らしい
瞳は天を見上げて
手は草原に広がり
地平線を包む

人間らしさを求めて
心を自由に遊ばせてやろう
人それは生きるに値する者だと
示してやろう
未来に希望を託して

無数の聖なる蛍火が
飛んでいる世界に憧れる
尊い人が居る世界に

心は静かに静かに
沈黙を祈っている

哀れか弱きこころを立たせて
私は貴方であると
貴方は私で在ると
か弱き心を震わせ
きらきらと　きらきらと
共に語り心を通わせ
響きあう歌を奏でたい

健やかな貴方を見ることは
私が生きている事ですから
親愛なる友よ
つつがなしや

荘厳な調べ

地は傾き大地裂け
火柱は天空を刺し
ナマズの頭は大地を這い
呆然と狂乱を彷徨う人々は
荒れ狂う自然に飲み込まれ

虹色の荘厳な歌が聞こえる
昔見し海に咲く夕焼け
魚の目で眠る子供
母親の背中で揺れている

最後の幻影
赤い曼珠沙華が咲いている
廃墟の大地を燃やし

世界が裏返しされた
見るも無残な逆転した光景だ
客船は陸を旅し　水は道路を泳ぐ
家々は河を流れ　海は燃える
炭の子が母親の子守歌で
揺れている

秘密の真言が聞こえる
仏の慈悲の光
神の愛の灯
灯の光は曼荼羅に輝き

沈黙の荘厳な歌を響かせ
ハスは清らかに咲いている

人であるものが人を犯し
死者の嗚咽が
地球への切ない祈りが
愛すべき愛しい祈りが
原爆ドームの祈りの声が
響きあい
核の光が　時代に蓋をしてゆく

おお　それでも
人間らしい慎ましやかな微笑み
目を瞑る
切願の世界が広がってゆく

生きた証を灯す
小さな無数の蛍灯
人間賛歌を奏で
理性を尊び　感情を輝かせ
燃えよいのち

人として

自立した精神

精神は魂と心を内包している
強力な精神は機関車の如く
夢　考え　思想を
強く深く引っ張っていく
すぐれて美しい芳醇を搾り出し
自分の言葉で話しだす

精神は青空に光線を引き
淡い水の光に透きとおり
岩盤を貫く閃光

鮮やかな色彩を放ち
永遠に染み入る
青いインクのようなもの

精神が創り出す
白いキャンバスが広がっている
淡い愛が暖かい季節を包んで
最後の光なのだろうか
それとも永遠の光なのだろうか
ただ生きている一つのものの幸せ

健やかな精神は
自らを健やかに生き
子供を健やかに育て
社会へ身を投企し

自己の感情を実存的生命的に
何時も平衡にたもっている

自立した精神は
自らの言葉で世界を把握し
自らの生き方を決め
雪山のように気高く立ち
大木のように背を伸ばし
真っ直ぐ素直にあるがまま屹立している

これらの中にいつもある時
本当に自立した精神を
生き生き生きているのだ

選挙違反

日本人は国会を詐欺集団だと訝るのです
人のお金を使いまくり
人を丸め込み
人を傷つけるヤジだけが得意で
へたな演説を大声で怒鳴りあげ
番犬もヒックリ返る程です
詐欺集団らしく耳元でこそこそ囁き
ことのほか料亭の秘密の食事を好みます
出来る限り仕事をしている振りをして
他人の仕事を横取りして

大風呂敷を広げ
畳まれてしまうと他人のセイニスル詐欺師です
戦争が起こると最も頑丈な牢獄に逃げまくり
そこから国民よ　死を恐れぬな　勇気を示せと
叱咤激励する詐欺師です
牢獄の罪びとです
口先八寸で何事も出来ると嘯く二枚舌です
国会内では国民のお守りはもう疲れたと
無能な能力をひけらかし寝ています
選挙では徹頭徹尾
笑い顔をふりまき
殊勝にも土下座もいたします
ダルマに目を入れると踏ん反り返ります
よく落っこちないものですね
人々は権力の匂いをかぐのが上手で

仕事の為なのか　お金が好きなのか
その周りを何時もうろちょろ　うろちょろ
独り立ちできない猿回しの猿が
うろつき回っています
飼い犬を飼いならす仕事に慣れさせられて
尻尾を永遠に振っています
詐欺師の息で日本の旗が棚引いています
何と汚れた旗だこと
主権在民が泣いています
無関心な国民に選挙違反は叫びます
君は三分の一の人間だよ
それで良いのかえ
一度でもいいから権力に嚙みついてみな

生きそこない

美しさを在るがままに
生きようとしたのに
生きそこない
人の純粋な健やかさを
生きようとしたのに
生きそこない
善のように高原を走り回る
麗しいものとして
生きようとしたのに
生きそこない

森を駆け抜ける精霊のように
生きようとしたのに
生きそこない
戦争で倒れし尊い人と共に
生きようとしたのに
生きそこない

ああ　人々はそのように
生かせてくれない
虚しいかな人生
潔く生き得ないかな人生
この世に生きるのに
値しない
それでも生きている
胸むしる悔恨のなかにある

永遠よ　友よ
おお　美しい幼子よ　妻よ
人の尊さを生きえなかった
短い一生それでも俺は人間だ

せつなさ

キタキツネ

悲しみのいのちを
こころ深く咥える
キタキツネ
生きているのか
死んでいるのか
知っているのだろうか

はるか向こうに
山をいただいて
咥えたキツネ垂れ下がり

轢かれたところから
どこまでとも知らずに
深い運命を知ってか
とぼとぼ　とぼとぼと
高原のさわやかな
風にのせて
運んでゆく

真夏の高原を
涼しい風が吹いている
アスファルトの道
その真ん中を
子か　親か　恋人か
咥えてとぼとぼ進む
キタキツネ

重たいのか咥えては降ろし
喘ぎながら青空を見上げる
キタキツネ
なぜ道の真ん中を進むのだろう
二人して死にたいのだろうか

危険を顧みず　報われない
無償を歩く　君の勇気は
見送るほどに胸　痛む
使命深く永遠を歩け
キタキツネ
語りたまえ　君のこころを
裸足の強き毛を持つ
野生のキタキツネ

さようなら
草原の風に揺られて
心の窓を遠ざかってゆく
咥えたままじっと佇む
キタキツネよ

お帰り

ぼんやりと
時は眠っている
お帰りなさい
あなたの良く知っている
故郷へ
訪ねても　訪ねきれない
故郷へ

おもてなしは出来ませんが
お迎えは出来ます

あなたの心痛めた小部屋へ
朝は掃き清め
夕方は草むしりをして
こころの掃除もしております

どうぞ　お進み下さい
このちっぽけな
こころの小部屋に
小さな貧しい人が
お迎えしております

苔むした庭を
お歩きください
小川はさらさらと
流れています

竹はさわさわと
そよぎます
みどりなす苔は
天を輝かせています

心貧しき人よ
あなたの残した
かき疵の軌跡があります
今も同じ上を歩いています
お布施の食べ物を
置いています
しずかにお食べください

さあ　お入り下さい
この小さなこころの

よすがとした小部屋に
切り詰めた心がいけてある
青空の小部屋へ
我がこころの旅人
さすらい人よ

外は眩しい光さす朝
鮮明な彩り

風車

はらはらと
青い花咲き
あかあかと
曼珠沙華咲き
すいすいと
蓮の花眠る
五弁の花は
赤い糸を引き

あかあかと

胸染めて
あおあおと
水の帽子を頭にのせて
くるくる回るは風車
儚く夢に流されて
子供の声を呼んでいる

あの世この世と
無風の風に
前掛け揺らし
小さな祈る手は
水に流されて
黙って微笑みたたえて
座ってる

仕方がないよ
誰のせいでもないよ
恐山
こころ刺す
痛ましきかな
この世のならい
忘れ去られる
子供の影が
揺籃の藻に揺れている

胸の中

長年悲痛な声を上げ
居るだけで辛い
胸に雲がかかり重たくなっている
隠れるように
悲しみを胸に抱いて
雲の中を歩いている
私は生きたように
死んでいる

はるこうろうの

ゆめのなか
雲間ただよう
ひのひかり
ぼんぼり揺れて
風の中
寂しい胸をゆらしてーる
悲しいちょうちんぶらさげて
一人で歩く森の中
雪かぶる綿帽子
きらきら光ってる

人間存在の本当の悲しみって
なーに
胸が痛くなるなー
本当の心ってなーに

それは誰知れず呟く深い闇の声
人間ってなあーに

祈るように
ずっとずっと
重く抱いている
癒されることなど金輪際ない
胸の渦
まいている
まいている

もうとっくに居ないのに
まだここにいる
遠い幻の私を見つめて
生きた痛みに耐えかねて

虚しい晒された心をぶら下げて
蹲っている

殺し　殺され
憎み　憎まれ
嫉妬し　嫉妬させられ
胸かきむしる
こんな世はもういいよ

むなしさに捩れる悲しみは
心ぶせる貧しさよ

心の旋律

とんぼ

朝一面
遠く空気は澄みわたり
打ち水のごと
心広がる
濡れて座った石畳
とりもち持った足音は
うきうき進みます

朝しずく
栴檀　若葉にしたたりて

小枝透かして降り注ぐ
朝日あび
青い目のトンボ
青空うつして
止まってる

朝の青葉のひとしずく
光さす隙間から
上向いた
子供の頬にかかります
青い目のトンボ
鳥もち挟まれ苦しそう
もがけばもがくほど
トンボの血管浮き上がり
子供はうれしそう

鳥かごにそっとしまい込む
向こうにたんぼ広がって
朝の空気を吸って続いてる
台風が過ぎ去った
ある朝のできごとです

木漏れ日

春の暖かい陽だまり
芝生の上に寝そべっている子犬
アネモネの匂いが漂ってくる
真っすぐ伸びたモチの木
小鳥の囀る声が聞こえる
小さな赤い実がたわわに
実った枝陰で
セキレイが揺れて飛んでゆく
揺れる木漏れ日

高原の朝

君のすまいし
高原の朝は晴れてます
草原にはそよ風が靡き
さわやかな空気が
朝霧を友としています
向こうの気高き山々は
雪をいただき
木々
すなおに真直ぐ立ち
柵を出た子牛たちは

天より浴びせかける
平和の光を浴び
草を食み
のどかな朝が始まります

降り注ぐ

清きもの降り注ぎ来て
祈り捧げん
清き水の流れに

暖かきもの降り注ぎ来て
土地耕さん
暖かき心の流れに

美しきもの降り注ぎ来て
海の歌をうたわん

さざなみ寄せる胸の流れに
良きもの降り注ぎ来て
鳥と歌おう
心捧げる平和の流れに

颪のように

さあ颪のように
颯爽と生きよう
頬を真っ赤にして
炎のように生きよう
息吹のように健やかに
何ものにも
捕らわれぬように生きよう
人生を駿馬のように
駆けぬこう
さわやかな青空のように

生き抜こう
さあ出発だ

フラミンゴ

そそっと
小枝の足を上げる
フラミンゴ
淡い肌した
フラミンゴ
渚を歩く姿は
素敵な少女のよう
膝で水を進める
フラミンゴ

可愛い桃色をした
フラミンゴ
軽やかにみんなで踊る
フラミンゴ
少女ような産毛の生えた
フラミンゴ

切なくも
無邪気に踊る
フラミンゴ
金で買われる
かわいい素敵な
フラミンゴ

若芽

庭に目をそよがすと
生まれた葉を風にそよがせ
一日一日を大事に
懸命に命をはぐくむバラが
目に留まる

いつの間にか
桃色をつぼみに隠し
柔らかい怒りの棘を持って
なめらかな茎は

真っすぐ
艶やかに伸びてゆく

意志もて
日々伸び行くバラよ
空中を
生き生きと健やかに伸びて
何処へ行くのか
老木が倒れし後に

庭では陽に照らされて
黄色　紫　赤　青　水色と
散りばめられた
花々は目を射る
青空には

真っ赤な花
桃色の花が浮かび
風に揺れながら咲いている

おかしみ

感情のダンス

憎しみは
激しい黒い塊
身も心も食い千切り
崩壊となって
雪崩打つ

悲しみは
冷え冷えと身に
染みわたり
こころ流れる

露の一滴

喜びは
こころ踊らす
楽しいダンス
弾む心は草原の風
夢の心を抱き上げる

憂鬱は
ピエロの音色
セピア色の石畳に
貼り付ける
月は曇った心を
横切って

粋は
きゅうっと締まった
絹切れの音色
颯爽と奏でる
青空の角笛

憧れは
雪山遠く仰ぎ
見つめる瞳色
青空映し雲流れゆく

浮足立つあなた
どう
一緒に踊ってみませんか
どの踊りが貴方に似合いますか

いろんな目

ぞろ目　さいの目　低目　高目　色目
あなたはどの目が好きですか
あなたの目的は何ですか

斜視の目　涙目　僻み目
あなたは何方に首を傾けていますか
頭痛持ちのあなた

星の目　痛い目　火花の目
あなたは打たれ強いですか

そんなに目を充血させて

癇癪の目　嫉妬の目　女目　男目
あなたはどんな目に会っているのですか
あなたは何処から狂ったのですか

澄んだ目　清い目　混濁の目　白い目　黒い目
あなたはどの色の目
生きづらい世に目を白黒させて

人生では色んな目に会いますね
瞬きなんかして
目を見開いている方が良いの
それとも瞑っている方が良いの
何方が人間らしい

あなた分かる
その時　その時だって
上手な逃げ口上だこと
優柔不断のあなた

口じょうず

貴女はうそもほんとに見せる
口上手
うましくちづけそっと避け
思わせぶりは　いつもの手
詐欺師まがいの白い手は
彼の背中に絡みつく
綺麗なお化粧　貢物
楽しみは残しておきましょう
また今度

ほろ苦い味

遠くから見ると
悲劇か喜劇かわからない
生きたほろ苦い味がする
神の手に乗っているとも知らず
右往左往する愚かな集まり

笑っても笑いきれない
この舞台で踊らされ
誠実さも嫉妬も　憎しみも悪口も
喜びも悲しみも

大根役者よろしく
この舞台から転げ落ちている
無様な姿態

妻にもしがみつき
役職にもしがみつき
振り落とされまいと
階段にもしがみつき
黙っていればまだましなのに
自分を忘れ　かっこつけ
無能なくせに能力をひけらかし
舞台の袖にちぢこまり
必死に愛想を振りまくピエロ

幸福そうな君達を見上げ

橋の下に住み
段ボールをこよなく愛し
公園を庭とし
星空を友として
自由を謳歌していると嘯く
ふるい落とされる
ゴミと呼ばれる男

心のピクニック

衣擦れの淑やかな音を
心を澄まして聞いていると
君の心にゆっくりと
降りてくる
雨の雫が微笑むように
喜びと悲しみは
お互いを慕い撚り合い
強いしめ縄を夢見て
人生を駆け抜けてゆく

喜びは悲しみを
友にして
手をたずさえて見ている
君の頬につたうではないか
喜びと悲しみが

悲しみを颯爽と生きよう
草原の朝日を浴びて
喜びをそっと撫でてやろう
悲しみを思いやって
債務は0だとからかって
何時でも入れ替わるのだから

木漏れ日の人生を
ゆっくり歩かせてやろう

青色の清々しい
湖畔を見下ろす
芝生に腰かけて
素直な心を波打たせ
澄んだ瞳を見つめ合う
心のピクニックをしよう
青い湖を映す
暖かい夕焼けに包まれて

著者略歴

真原継一（まはら・けいいち）

詩集『天の雪水』『立ち姿』『人間らしい心を求めて』
（土曜美術社出版販売）

詩集 魂(たましい)の調(しら)べ

発行 二〇二〇年三月三十一日

著者 真原継一

装丁 直井和夫

発行者 高木祐子

発行所 土曜美術社出版販売

〒162-0813 東京都新宿区東五軒町三—一〇

電話 〇三—五二二九—〇七三〇

FAX 〇三—五二二九—〇七三二

振替 〇〇一六〇—九—七五六九〇九

印刷・製本 モリモト印刷

ISBN978-4-8120-2562-8 C0092